●語り継ぐ東京大空襲

── 3月10日、家族6人を失う──
さらに少年兵の兄まで

亀谷 敏子・早乙女 勝元

― 3月10日、家族6人を失う―
さらに少年兵の兄まで .... 亀谷 敏子 ... 2

東京大空襲と亀谷敏子さんのこと ...... 早乙女 勝元 ... 32

東京大空襲・戦災資料センターの紹介 ... 45
参考図書 ... 47
戦災資料センター出版物 ... 47

表紙画・おのざわさんいち

本の泉社マイブックレット No.13

● 語り継ぐ東京大空襲

——3月10日、家族6人を失う——
さらに少年兵の兄まで

亀谷 敏子

家族の崩壊

空襲で家族を失い、天涯孤独の私も、もはや七十七歳になりました。戦争は、あらゆるものを破壊しました。私の家族の命と幸せは、永久に戻ってはきません。日本は、平和憲法ができたおかげで、今日の経済発展もあり、その中で、平和で自由な生活が満喫できています。私は、最近まで、東京大空襲のときの体験を、詳しく語ったことはありません。二度と思い出したくない、そしていつまでも忘れることのできない、あまりにも辛い、悲しい体験だったからです。先刻、東京大空襲・戦災資料センターで、私の体験を話す機会がありました。そのときに、語り継ぐこと、記録を残すことの大切さを知りました。記憶をたどりながら、東京大空襲で体験したことをまとめてみました。

3　3月10日、家族6人を失う　さらに少年兵の兄まで

私は、満州事変が始まった二か月後の昭和六年（一九三一）十一月に生を受け、十代の前半まで、ずーっと戦争と戦後のひもじい混乱期のなかで、成長期を送りました。その戦争のために、私は最愛の家族七人を失いました。

私の生まれは、東京下町の深川区（現江東区）白河町三ノ三です。私たち一家は親子九人、明るく楽しい生活をいとなんでいました。

敏子さんが生まれ育った旧深川区白河町にて

私が小学校に上がる前の幼少時代は、空き地（原っぱ）が結構あって、子どもたちの格好の遊び場となっていました。でも、小学校に上がった（日中戦争が始まった翌年）頃からは、工場がどんどん建っていき、空き地もなくなっていきました。今にして思えば、それはほとんどが、戦争に協力する軍需工場ではなかったかと思います。

アメリカ軍が、初めての夜間大空襲で、東京の下町である本所・深川を集中的に爆撃し、敢行したのも、そんな関係からではなかったかと思います。

昭和十九年（一九四四）の秋口から、B29爆撃機がしばしばやって来ては工場に爆弾を落とし、その度に警戒警報のサイレンが、そして、空襲警報のサイレンが鳴って、私たちは家の庭に作った一坪ほどの小さな防空壕に避難しました。

そのころの空襲は、だいたいが昼間の見通しのよいと

三月九日の夜のこと

　私は、子どものころから「チビッコロ」と言われ、コロコロと太っていて背こそ低かったのですが、大変丈夫でした。ただ、低血圧のためか、寝不足のまま急に起き上がると、子どものくせに吐き気がして参っていました。そのため、三月九日の夜に警戒警報のサイレンが鳴り、母に起こされて皆が起き出しても、私は起き上がれず、ズルを決め込んで寝ていました。

　母は、子どもたちに身支度をさせ、寝たままでいる私には、「この子は本当にしょうのない子だねえ。お前も一緒に行っておくれ」と姉に言い、一歳半の弟を背負い、おさない妹たちと姉を引き連れて、町内の避難所になっていた近くの末広味噌屋ビルの地下室へ避難していきました。

　鉄筋コンクリートのビルの地下室に避難すれば、爆弾を落とされても大丈夫だとみな思っていたのでしょう。

　私は、爆弾を落とされるのはほとんどが工場だったので、私は、それほど怖いとは思いませんでした。慣れっこになっていたのでしょうね。

　ところが、翌年の昭和二十年三月十日を迎えたとたんから始まった空襲は、全く勝手が違っていました。B29は、大量の焼夷弾を無差別に落として、東京の下町を火の海にしたのですから。この夜間大空襲で約一〇万人の人々が死にました。私の家族も母が、姉が、妹三人が、そして弟も死にました。

5　3月10日、家族6人を失う　さらに少年兵の兄まで

亀谷家の家族。右から4人目が敏子さん

玄関を出て行くとき、「今頃になって空襲のサイレンが鳴っているよ。日本の軍部は何をしているのかねぇ」と、ぼやきながら出て行ったのが、私が聞いた母の最後の言葉でした。

それから、私は父にたたき起こされました。父は、当時四十六歳、若い男たちは出兵していなくなっていた町内の見回りをして帰ってきた私が、まだ布団の中にいるのを見てびっくりして、「馬鹿、起きろ！　もう火が回っているぞ」と、私をすぐに起こしました。

それからは、雨あられと降ってくる焼夷弾を消したり、家の中からお米や食べ物を前庭の防空壕に運び込み、その上に水浸しにした青梅綿の布団をかぶせたり、私にも手伝わせて懸命に家の確保に努めました。

けれども、火の手は、家のすぐ裏手まで迫っていました。父は、「もうこれまで」と言って、私の手を引いて、火勢に追われるように、母たちが避難した味噌屋ビルに向かいました。

避難所ビルから脱出

途中の三ッ目通りには、もう人の姿はありません。父に手を引っ張られるようみんな避難した後でした。

にして私は走りました。

避難先のお味噌屋さん(町内の人たちはみんなそのように呼んでいました)に着いてみると、母たちが避難している地下室はもちろんのこと、一階まで避難した人たちでいっぱいでした。私たち父娘は、荷物がなかったので、やっと中に入れてもらうことができました。母たちのいる地下室まで行こうとしましたが、とても行けるような状態ではありません。今の東京のラッシュ時の満員電車のような込み込み具合でしたから。

その混み合った大人たちの間に入ってしばらくすると、急に奥の方が騒がしくなりました。ものすごい悲鳴がして、人々のざわめきが伝わってきました。ビルに火がつき、火でガラス戸が溶けて、そこから火がわーっと室内に入ってきたようです。

ここを出ても表は火の海。でもここにいたら死んでしまうと、父は消防団の制止を振り切って表戸を開けました。そして、近くにいた人たちにも大声で「逃げろ」と叫び、私の手を引いて表に飛び出しました。

猛火の中を逃げ回る

末広味噌屋ビルから表に出たとたん、私は、強烈な熱風にあおられて吹き飛ばされてしまいました。火事場で発生するつむじ風のようです。立ち上がると、またすぐに吹き飛ばされてしまいます。私は身動きできません。

それを見た父は、「伏せろ」「転がれ」と、大声で怒鳴りました。私が地面に体を伏せると、父が

そばにやって来て、飛んできたトタン板一枚を私に持たせてくれました。それを頭の上にかぶせました。カラン、カランと大粒小粒の火の粉がトタン板を叩きます。トタン板は、川向こうの民家の屋根から吹き飛ばされてきたものでしょう。

お味噌屋さんを出た表通りは、三ツ目通りといって道幅の広い、かなり大きな通りです。周囲はほとんどが工場で、燃える物もあまりないはずなのに、ものすごい強烈な風が火を運んできます。前方、一〇〇メートル余も行けば小名木川です。父はそこまで行きたいらしいのですが、強風とおびただしい火の粉とで、とても行けるような状態ではありません。火の粉がトタン板にあたるカラン、カランという音を、どれほど聞いていたでしょうか。

側にいるはずの父も、何も言ってもくれません。「私も、もうすぐ死ぬだろうな」と、不安になりました。死を覚悟しました。火を消すこともできません。

そのとき、死んだとばかり思っていた父が、私のモンペについた火を手で消してくれました。「ああ、お父ちゃんは生きていた。まだ死んではいなかったのだ」と思い、急に嬉しくなりました。モンペについた火を消すこともできません。死を覚悟しました。「私も、もうすぐ死ぬだろうな」と思いました。モンペについた火を消すこともできません。それから何分ぐらい、トタン板をかぶって道路に這いつくばっていたでしょうか。

鉄くずの上に寝た夜

突然、父が「こっちへ来い」と言って、私の手を引っ張って行き、いきなり私を放り上げました。私が投げ込まれた場所は、お味噌屋さんとは斜め向かい側にある工場内のコンクリート塀の中でし

た。そこにはたくさんの電線のような鉄くずが積んであり、運良く怪我をすることもなく、その上にドサッと落ちたのでした。父も飛び込んできました。

高さ二メートルほどのコンクリート塀を背に、そこでも飛んできたトタン板をかぶり、寄り添って火の粉を避けていました。

そのうち、「お父ちゃん、この塀、倒れたらどうする？」と、私は何気なく言いました。父は、「そうか」と言って、鉄くずの低い方に行くように、と私に言いました。私が低い方に移動したとたんに、その塀がドサッという音を立てて倒れました。

父の「うーッ」という呻き声が聞こえました。倒れた塀は、ちょうど屋根のように、私の所にやって来ました。それでも父は鉄くずを押しのけて、いざりながら、鉄くずのすき間から、焼け落ちていく工場と、美しくまたたく東京の星空をのぞくことができました。周囲は激しく燃えていました。私は、この鉄くずが真っ赤に焼けただれたらどうしようと怖くなりましたが、それは杞憂に終わりました。そのうちに、周りの空気はどんどん冷えていきました。燃え盛っていた工場の火も、いつの間にか衰え、周囲の火も、みんな下火になっていきました。操縦しているアメリカ兵の顔がはっきりと見えました。

B29が、焼けただれた東京の夜空を低空で飛んできました。

「お父ちゃん、オシッコしたくなっちゃった。どうしよう」

父は、「しょうがないな！」と言って、鉄くずを、ぐんぐん押さえつけて、私が動きやすいようにしてくれました。寒い！体が冷えていきます。鉄くずの布団に寝ているようなものです。身動きのできない状態の中で、二度ほど小用を足しました。一晩中眠れない夜を過ごしました。

朝になりました。ミシミシと音をたてて、誰かが塀の上を歩いています。「オーイ！ 助けてくれー」。父が大声で助けを求めました。やがて、鉄筋コンクリートの塀に穴があけられ、やっと私たちは上に出ることができました。

母たちを探し求めて

三ッ目通りには、たくさんの黒々とした死体が転がっていました。避難していたビルから表に逃げ出した人たちも、ここで焼け死んだのでしょう。私もここで死んでいたかもしれないと思ったので、死体を見ても、感情は動きませんでした。父がいなかったら私もとっくに死んでいたでしょう。みんな、どんなにか苦しみながら死んでいったのでしょう。私は子どもだったから、簡単に死ねると思っていたのでしょう。

避難するときに履いていた運動靴は、焼けてしまったのか、父も私も裸足でした。モンペの裾もボロボロに焼け焦げ、足のあちこちに火傷を負っていました。目も煙にやられたらしく、開けると涙がポロポロとこぼれてきて開けていることができません。

裸足で歩くコンクリートの道路はものすごく熱くなっていました。一度避難した末広味噌屋ビルを通りました。四階建てのビルは、骨組みの鉄骨だけを残して焼け落ちていました。一階には、たくさんの白骨の山がありました。そして、その白骨はまだボッポボッポと燃えていました。とても地下室に行ける状態ではありません。母たちは、地下室に入っているはずだから、きっと助かって

いるだろうと考えて、父と焼け跡の我が家に向かったのです。

私の家もきれいに燃えてなくなっていました。あたり一面焼け野原でした。避難する直前に防空壕に運び込んでおいた食品類は、まだ、ぶすぶすとくすぶっていました。それでも、お米は、半分ほど食べられる状態で残っていました。防空壕の上にぐっしょり濡らした青梅綿の布団をかぶせたのが、よかったのでしょう。

家族の誰かが怪我もせずに生きていれば、必ずここに戻ってくるはずだから、交代で家族を探しに行こうという父の提案で、まず父が出かけていきました。私は、庭先の防空壕の上に腰掛けて留守番をしました。

防空壕の上のセメントは、ほどよい暖かさで、冷え切った私の体を温めてくれました。私は、まったくの腑抜けになっていました。腑抜け、そう、魂が抜けてしまった人間。思考力はどこかに飛んでいってしまい、ただ父の言うとおりに動き、防空壕の上に座って父が帰ってくるのを待つという、全く空ろな女の子になってしまっていました。

私から人間的な感情や感覚が失われてしまって、空腹も足の火傷の痛みも、全く感じなくなっていました。

セメント袋に包まって

お昼近くになって、父は力なく帰ってきました。父は、逃げ場を探して、熱風と煙の中で目を凝らして見回していたからでしょう。今度は、私

が探しに行く番。父に指示されたとおり、大勢の人が避難している国民学校や消防署に裸足のままで行きました。途中で、幼馴染みの洋子ちゃんに会いました。

「洋子ちゃんちは、お母さんたちどうした？」

「うん、おかげさまでみんな無事だった。敏ちゃんちは？」

聞かれたとたん、涙がわーっと出てきて、喉もとが痛くなり、言葉が出なくなってしまいました。

「今、さがしているの」と、辛うじて言い、彼女と別れました。罹災後、私が始めて流した涙でした。

私が小学校二年生のころまで、私の一家は、味噌屋さんのすぐ後ろに住んでいました。子どもたちが大きくなったので手狭になって、もっと大きな家に住みたいということで、引っ越したのです。

洋子ちゃんは、味噌屋さんのすぐ隣に住んでいました。

それからまた、探し回りましたが、ほかには知っている人に出会いませんでした。

その日は、結局手がかりがありませんでした。

夕方、父が勤めていた浅野スレートに行きました。会社も焼けてしまって廃墟になっていたので、清洲橋のたもとにある、親会社の浅野セメントまで歩いて行きました。その晩は、父とセメント袋にくるまって寝ました。

新宿の伯父の家で

翌十一日、裸足ではどうしようもないという父の思いで、セメント袋に足を包んで、我が家の焼け跡に帰りました。家族の誰も戻ってはいませんでした。結局、この日も母たちの消息はつかめま

せんでした。

父は、「こうしていても仕方がないから、新宿に行ってみよう」と言いました。

新宿には、母の兄である伯父一家が住んでいます。父は、「東京中全滅だろうが、地下鉄だけは動いていると思うから、地下鉄で渋谷に出て、渋谷から新宿まで歩いて様子を見に行ってこよう」と言うのです。父は、そういう情報を、どこで聞いてきたのか、とてもよく知っていました。

一面の焼け野原を、父に手を引かれるままに歩きました。

私たちが地下鉄の駅のある日本橋まで歩いて行ったとき、白木屋（日本橋交差点の角にあったデパート）は、三、四階の窓から火を噴いて、まだボンボンと燃えていました。

父の言うとおり地下鉄は動いていました。地下鉄に乗って渋谷に行き、地上に出てみたら、ちゃんと着物を着た人が買い物かごをさげて歩いていました。そこには、何時もと変わらない、生活の営みが、そっくり残っていて、私は本当にびっくりしてしまいました。日本橋一帯まで焼け野原だったのを見てきたので、東京は全滅だとばかり思い込んでいましたから、驚きました。

「焼け出された皆様の避難場所は〇〇国民学校です」という案内図を頼りに、父と避難所の国民学校の講堂に行きました。そこで、おにぎりをいただきました。焼け出されてから始めての食事でした。そのおにぎりがおいしかったとか、腹が満たされたとか、そういう感覚は全くなかったです。ただ、もらったから食べた。きっと、感覚も感情も麻痺していたのでしょうね。魂の抜けた状態でした。

「新宿の様子を見てくる」と父は出て行きました。私は避難所でまた一人で、父の帰りを待ちました。父が帰ってきて、新宿も無事とのことで、新宿の伯父の家に行き、その晩から父とお世話に

新宿の従兄弟たちからは、「臭い、臭い」と言われました。自分では分からなかったけれども、たぶん、死体の臭いと焼け跡独特の臭いが、体中にこびりついていたのでしょう。

従兄弟は四人いましたが、私より年下の女の子たちは、福島に疎開していたので、中学生の兄たち二人が残っていました。その晩、伯母と二人で銭湯に行って体を洗いました。

火傷のあとが、おできのように、ぐちゃぐちゃの状態になって痛かったはずなのですが、その痛みは分かりませんでした。痛みを感じるようになったのは、二、三日たってからでした。逃げ回っているときに、モンペに火がついて足首のところが一番ひどかったのですが、けっこう足のあちこちに火傷していました。

地下室からの家族と再会

三月十四日。家族を探しに毎日、深川に通っていた父の得た情報で、今日は、末広味噌屋ビル地下室の死体を出すということで、伯父と父、私の三人で深川に行きました。

味噌屋ビル前の三ツ目通りには、憲兵隊のトラックが何台か来ていて、遺体処理班の人が、ぐずぐずになってしまっている死体を、地下室から、どんどん運び上げていました。

近くには大富橋という小名木川にかかる橋があります。運び出された死体は、末広味噌屋前からその橋に向かって、路上に次々と並べられていきました。死体は、全部水浸しで、どれもふやけてぐずぐずの状態になっていました。まるで何時間も煮立てられた豚肉のように、やわらかくなって

いたのです。着衣こそしていましたが、正体もなく、ぐずぐずになってしまった死体を、三ッ目通りに、ずらーっと並べる作業が終わると、トラック上の憲兵隊の号令で、十分間だけ死体の身元確認が許されました。

十分間。私は焦る思いで、それらの死体の中から家族を探しました。普段、家族が見につけている着衣を一番よく知っている私が先に立って、必死になって探しました。

いました。母がいました。母は丸坊主。でも、着物、モンペ、割烹着までちゃんと身に着けていました。そばに、よちよち歩きを始めたばかりの弟がいました。弟は、頭と足首から先がありません。でも、着ている着物で分かりました。

一番下の妹、五歳の文子もいました。文子は胴体だけになっていましたが、着物で分かりました。はいているモンペでその上の妹、十歳の千恵子もいました。千恵子は、胴体から上がありません。千恵子だと分かりました。

十五歳の姉のみえ子と、すぐ下の妹、十二歳の信子はついに見つけることができませんでした。おそらく、母は、地下室の水道の近くにいて、小さい弟妹たちの体に水をかけていたのでしょう。姉とすぐ下の妹は苦しくなって、母たちのそばを離れて上に上がり、一階で焼けて白骨になってしまったのかもしれません。

憲兵隊の目を盗み、伯父が持っていった「とび口」で、父が、母の死体から頭の一部を、幼い弟妹たちからは、体の一部の骨を削り取りました。

「はい、これまで」

という憲兵隊の号令をあとに、小さく削り取った母たちの骨を持って、三人で焼け跡の我が家に

いまは感謝の気持ちも

私が、味噌屋ビルで見たものは、想像を絶する光景でした。

いま思うと、母は、たまには白いご飯を子どもたちに食べさせたくて、一年ほど前から休日だけ、そのお味噌屋さんの食堂で働いていました。そのため、勝手知ったる私の母が、火を防ぎ、火から身を守るために、水道の水を出したのではないか。猛烈な火力に包まれたビルの中の水は、やがて熱湯になって、ぐらぐらと何時間も煮え立ってしまったのではないか。これは私の推測です。

ともかく、やわらかく煮えてしまった何百人もの人々を、シャベルを使って地下室から表に運び上げる作業だったのですから、死体はみんなばらばらになってしまったのだと思います。

いま、このときの情景を、一生懸命に思い返してみると、妹たちにしても、一人は胴体しかなかったし、もう一人は腰から下しかなかった。

私の家族の死体は、他の人たちより比較的わかりやすい形で発見されましたが、それでも幼い弟は、頭もなかったし、足首から下もなかった。

お味噌屋さんのビルで死んだ人の数は約五〇〇人だったとあとで父から聞いて知りました。一階で白骨になってしまった人たちが約半分だったとして、地下室で死んだ人の数は、おおよそ二～三〇〇人はいたと思われます。

私の母以外は、五体が満足についていた死体はありませんでした。どれも、頭や手足がなかった

のです。ですから、死体が道路に運び出されたときに、頭だけ、手足だけというのが、何十体、何百体と転がっていても不思議ではなかったと思うのです。

死体を粗末に扱ったということではないと思います。死体処理班の方たちが、あまりにも悲惨な状況なので、残酷すぎて遺族には見せられないとして、あるいは、解けた顔や手足の肉片だけを見せても識別できないとして、地下室に残し、道路には運び出さなかったのではないかと思います。そして、遺族が帰ったあと、もう一度、ばらばらになった頭や手足を運び出して処理されたのか、あのときは、私も夢中だったので、気がつきませんでした。

最近になって、死体処理班の方達の人間的な配慮を感じます。母の死体のすぐそばに、幼い弟も妹も並べられていましたから。やわらかくなってしまった死体をスコップでかき出すときに、寄り添っていた家族を一緒に並べてくれたのだと感謝しています。憲兵隊も、私たちが遺体の一部を持ち去るのを、そ知らぬ顔をして見過ごしてくれたのでしょう。

最近になって考えてみれば、あのとき、水道の水を出したのは、私の母かどうかは分かりませんが、多分母なのでしょう。水を出したことで、みんなに気の毒なことをしたのかなと、思ったりしました。でも、遺族の人たちが十分間という短時間の死体の検証を許されたとき、着衣だけは無事で残されていたわけですから、いいことをしたのだとも思われます。そうしなければ、一階の人たちと同じように白骨になっていたでしょうから。今になって、そんなことも考えさせられています。

父の勇気に救われた私

我が家に帰って、焼け跡から、焼け残りの小さな鍋を見つけ、焼けボックイを集めて、伯父、父、私の三人で、家族四人の骨を焼きました。

天衣無縫、無邪気なくらい、明るくって、人様の面倒を見るのが大好きだった母。オチャッピーで、何かというとタップダンスを踊って見せた妹の千恵子。市松人形のように、おとなしく、愛らしかった文子。そして、空襲警報のサイレンが鳴ると、母に背負われるものと、おぶいひもを持って、よちよちと母の背中にまわる知恵のつき始めたばかりの、本当にかわいらしかった一歳半の孝之。みんな、みんな憲兵隊のトラックに積み上げられて、どこかへ運ばれていってしまいました。母は、三十八歳になったばかりでした。どんなにか無念だったでしょう。

あとになって、死体は、猿江公園に穴を掘って埋めたと聞きましたので、毎年お参りに行きました。そのころまで、どこから流れてくるのか、小名木川もそうですが、川という川には死体がよく浮いていました。あのとき、味噌屋ビルから逃げ出すことができた人たちも、きっと助からなかったでしょうね。橋の上も、川の中も死体でいっぱいだったと聞きました。

猿江公園に埋められた死体は、昭和二十三年に掘り出されて、茶毘に付されたのですが、そのときにはもう、腐乱状態になっていて、着衣もなくどこの誰だか身元はわからなかったですね。辛うじて肉片だけが骨に付いていた遺体は火葬され、遺骨は、本所にある震災記念堂（昭和二十六年に東京都慰霊堂と改称）に安置されたとのことでした。

さて話を戻して、翌、三月十五日。泣く気力も失い、思考力もなくなっている私を連れて父は、焼け跡で焼いた家族四人の小さな小さなお骨を持って、茨城の実家へ行きました。田舎で家族の葬

儀を済ませると、私を兄嫁である伯母に預けて、帰って行きました。父は、軍の徴用になっていたので、職場に戻らなければいけなかったのです。

あの猛火の中を私が生き延びられたのは、父に手を引かれ一緒に行動したからです。父は、私をかばいながら、正確な状況判断をしてくれたと思います。避難所の味噌屋ビルから外に飛び出したこと、トタン板が飛んできたことなど、偶然が重なったとはいえ、父の判断は冷静だったと思います。

父には戦争体験がありました。大正六年（一九一七）にロシア革命が起こり、帝政ロシアは打倒されました。日本国内では、それに干渉するシベリア出兵を予想して米の買占めが起こり、米騒動が起きました。そのとき父は二十一歳、兵隊に召集されて旧ソ連近くの満州に行きましたそうで、浅野スレート株式会社の職工長として、部下の面倒見も良かったそうで、その父の勇気と気転で、私の命は助かったのでしょう。

田舎の伯母のもとに

父は、ときどき、珍しい品物や私の生活費を、伯母に届けながら、茨城にいる私に会いに来ました。伯母は、その当座だけ、私に対する扱いが変わりました。当時の私は、そんな伯母を見て、あぁ、私はこんな大人にはなりたくないと思ったものでした。

しかし、今考えてみれば、それは当然のことで、伯母は決して意地悪な女ではないのです。戦争でどこも食料は窮乏していました。当時は、今のように食べ物が有り余る飽食時代ではありません。五十歳を過ぎた伯母は、田畑を耕しながら、目の不自由な姑をかかえ、苦しい生活と戦って

いたのでした。やっと楽になれると思った矢先、三人の息子たちは次々と兵隊に取られてしまいました。

十三歳、中学一年生になっている義弟の娘なら、少しは家の役に立つだろうと思いきや、田舎の子どもほど役には立たず、育ち盛りで（私はチビッコロで、母が嘆くほど食が細かったのに、六年生の終わりごろから急に背が伸びだし、食べられるようになりました）ご飯だけはよく食べました。伯母にしてみれば、いろいろな思いが心の中で交錯していたに違いありません。だいいち、義弟だっていつまった、東京でどうなってしまうか分かりません。伯母にしてみれば、母の胸中など察する余裕はなかったのです。

でも、家族に死なれ、独りぼっちになってしまった私にしてみれば、伯母にいやみを言われる度に、母だったら、こんなことは言わないのにとか、こんなときに、せめて姉がいてくれたらと、一人をおいて死んでいってしまった母たちを恨めしく思いました。まだまだ子どもだった私には伯

「ああ、誰でもいい、せめてもうひとり、生きていてくれたらよかったのに……」と、毎朝毎晩泣きの涙で暮しました。

夢を見る。お母さんがいます。
「敏子、早く学校に行かないと遅れるよ。ご飯を食べなきゃだめだよ」
と、言っています。

でも、目が覚めると、その母はいません。現実は、私一人だけが伯母に、「虫がいたくらいで怖いとは何だ、蛇が何だ」と叱られながら、裸足で麦踏みや、ジャガイモ掘り、お茶摘み、水汲み、

家の拭き掃除など、次々と仕事に追いまくられているのです。

「仕事は半人前のくせに、食うことだけは一人前だ」と、いやみを言われながら。

「おかあちゃん今夜もまた私に会いに来て！」と毎夜、枕を濡らし祈る思いで床に就くのが私の日課になっていました。そして家族を失った私の悲しみは、深まるばかりでした。

少年兵だった兄の消息

一方、奈良海軍航空隊の予科練（海軍飛行予科訓練生＝海軍の航空機搭乗員養成制度の少年兵）に行っていた兄は、空襲で家族が死んだとき、盲腸炎で苦しんでいたといいます。手術をして入院中だった兄のショックを思いやった班長は、さりげなく病室に入って来て、「この部屋に今回の東京大空襲で、家族九人のうち六人が死んだ者がいる」と大声で言ったそうです。東京、そして九人家族。兄はそのとき、「ああ、自分のことだ」と思ったそうです。兄は、二人生き残ったというが、誰と誰が生き残ったのか、父か母か、それともみえ子か敏子か、いずれにせよ、小さな弟や妹たちではあるまいと、病室で家族の安否を、あれこれ考えていたといいます。

兄は三月末に特別休暇をもらって、奈良

七つボタンの予科練服に身を包んだ兄

から上京し、東京にいる父に会い、田舎にいる私にも会いに来ました。

兄の顔を見たとたん、私は思わず、わーっと大声で泣いてしまいました。あこがれの七つボタンの予科練服に身を包み、一回りも大きくなった兄。軍刀をさげ、りりしい姿で挙手の礼を取り、「敏子がお世話になっています」と、伯母にきちっとあいさつしている、たのもしい兄がそこにいました。この兄の姿を家族に見せてあげたかった。お正月から母が、姉が、妹たちがどれほど会いたがっていたことか。

そもそも、母たちが今回の災難にあったのも、疎開するのを遅らせたからです。誰にも気がねのいらない東京の自宅で、この兄を迎えてから、家族そろって疎開しようという思いがあったからでした。

前年四月、甲種予科練生になって奈良海軍航空隊に入隊していた兄からは、時折はがきは来ていましたが、いつも「面会禁止」の押印があって、会いに行くことができませんでした。その兄から、お正月には休暇で帰京できる旨のはがきが来て、私たちを喜ばせていたのです。

母は、お餅の大好きだった兄を迎えるために、もち米を調達してきて、たくさんのお餅をつくりました。私たち姉妹も、お兄ちゃんが帰ってきたら一緒に食べるのだと言って、配給されたお正月用のお菓子を大事にしておいて、兄の帰京を待ちました。しかし、その兄は、お正月には帰ってきませんでした。休暇は三月末まで延びたという簡単なはがきが来ただけで、私たち家族をがっかりさせたのでした。

もともと、母は、家族が別れて暮すこと（父と姉、そして私の三人は東京に残り、小さい子どもたちと母が田舎に疎開する）に反対でした。子どもたちも、ちょうど新学期になることだし、三月いっ

ぱいは東京で暮し、家族全員が水入らずで、兄を迎えてから疎開したいと父を説得し、結局、三月十日の空襲にあって死んでしまったのです。

いま、私の手元には、兄のこんなはがきが残っています。

『拝啓、お手紙拝見。敏子も元気で、百姓に励んでいるとのこと、喜びに堪えない。また、近況お知らせ下され、有難い。兄も元気で表記土浦に転勤したから知らせる。歌にもある如く、土浦は予科練の生まれた所だから、一生懸命頑張って母たちの仇を討つ。お前も一寸位の苦しいことで、泣きっ面などせず、伯母さんの言うことをよく聞いて頑張れ。敏子も一人前といって良い位の年であるから、何回も言うが、俺が行ったときにしたような泣き面は、外の人の前ですな。また、お前も一人前だからと言われる前にやらなければ駄目だな。どうもお前には、母がいないという関係か、ひねくれているように見える。明朗な気分でやれ。それと、戦争をしているから勉強をしなくとも良いというのではない。

兄も今になって、もっと良く勉強しておけば良かったと思っている。（後略）』

思うに、兄に甘ったれた気持ちで、伯母のことを愚痴って出した私の手紙に対する返事だったと思いますが、しっかりとした字と文章で、とても十六歳や十七歳の男の子が書いた手紙とは思えません。その兄も、東京大空襲のちょうど三か月後の六月十日、土浦の空襲で死にました。兄は、十七歳になったばかりでした。

兄戦死の公報がないままに

　昭和二十年六月の末だったと思います。東京にいた父が、疎開先の私のもとにやって来て、遺品と称して土浦から送られてきた遺骨箱のようなものを開けてみました。中には泥の付着した寄せ書きの日の丸の旗が入っていました。兄が出征するとき、肩にかけて行ったものでした。

　私は、「お兄ちゃんは、もう死んじゃったんだ」と父に言いました。もしもこれから出陣するということでの遺品なら、こんな薄汚れた日の丸の旗ではなく、髪の毛とか、つめのようなものが入っていていいはずだと思ったからです。

　「そうだな」と父は言って、目をつぶったきり無言でした。

　私は表に飛び出しました。

　「お兄ちゃんは死んじゃった、お兄ちゃんは死んじゃった」

　麦畑の中で、ワアワアと思いっきり泣きました。まだ、冷たかった春先に、伯母の言いつけで、裸足で麦踏みをしたときの麦が青々と伸びていました。抜けるように青い空でした。

　「お兄ちゃん、なんで死んじゃったの！」。一人だけでも生きていてほしかったのに。

　それからの私は、毎晩、夜空を見上げては泣きました。灯火管制下の田舎の夜空はまっ暗で、小さなお星さままでがチカチカと冷たく光っていました。私は、キラキラ輝くお星さまが大好きでした。まだ幼かったころ、母に聞いたことがありました。

　「お星さまはどうしてできるの？」

　「人間が死ぬとお星さまになるのよ」

毎晩、冷たい星空を仰いでは、六つ、七つかたまっている星の一群をみつけては、あのお星さまがきっと私の家族だと思い、泣き泣きその星たちに語りかけたものでした。

何故逝きしと非情のいくさ恨みつつ
星空あおぎて、われは泣きぬれ

兄俊治は壕の中で　（兄の戦友　筒井傭介氏の日記より抜粋）

昭和二十年六月十日（日）
俺たち分隊の外出日である。その上、特攻隊へ出発する者は最後の家族との対面日である。帰郷は許されず、電報で呼び寄せられた家族が、息子との対面を楽しみに、遠く、北海道や九州からやってきた日でもある。
朝食も終わって七つボタンの軍服に着替え始めたそのとき、警戒警報が鳴り響いた。またく間に総員待避の号令がかかった。その防空壕は、隊から一キロ以上も離れている横穴式の防空壕だ。
かあっと照りつける初夏の陽射しの中を、重装備で駆けつける苦しさに息切れする思いで壕に着き、入口から五、六メートル入った所にどっかと腰をすえる。
上空を飛ぶ飛行機の爆音が壕の中にも響いてくる。来たなと思うまもなく、天地がくつがえったと思われるほどの地響きがした。思わず両手で顔を押さえ、地べたに伏せる。

「すげえなあー」「何だ今のは、爆弾でも落としやがったかな」
入口近くにいたおなじ隊の金井が、この第一回目の爆撃で亡くなった。内臓がすべて露出し、出血多量で駄目だったという情報が、入口の方から伝わってきた。
少したってから、みな表に出始めた。俺も外に出た。靴がぶくぶくと土の中にめり込み、まるで雪の中を歩いているようだ。畑を見ると麦はさやだけ、ハッパは軸だけになっていた。竹やぶの中に入ると、弾片がつるつるした竹に見事に突き刺さっている。
敵機は、第一回目の爆弾を霞ヶ浦の格納庫の一部に落とした。第二回目は総員待避している防空壕めがけて、そして第三回目は病院に。この回数の間が十分ないし十五分である。壕を最初にやられたため、そこで傷ついた者を、ともかく病院に運んだ。ところが隊に帰って来たときは、に第三回目の爆撃にあい、病院は一瞬にして吹っ飛んでしまったのだ。
さらに、第四回目の爆撃があった。旋回して来るものらしい。今度は焼夷爆弾混合の爆撃。兵舎が狙われているのだ。いっせいに機銃弾がとぶ。消火に従事することもできない。
かくして、物的、人的資源がすべて壊滅してしまったのである。
隊内の戦死者はほぼ一キロほど離れた適正検査場に移されていた。
一つひとつ出て来る死者は戸板に乗せて運ばれていく上官、同期生、後輩に挙手の礼を送っていたが、あまりにあとからあとから続く死者に、挙手の礼を捧げることは作業を停滞せしめるので、心の中での礼に切り替えたほどであった。
そのうちに、ほかの分隊の者が、衿カラーを持ってやって来た。

「〇〇分隊長、私が作業に行く途中、練習生が民家の者より、家の防空壕で死んでいるから来てくれと言われ、言ってみましたところ、顔を見ても誰だかわかりませんし、軍服も血で貼り付いて脱がすこともできません。しかたなく、カラーをはずしてみますと、〇〇分隊亀谷俊治と書かれてありましたので、お届けに参りました」

直ちに「作業員整列」の号令がかかった。俺は、一番に飛んでいった。亀谷とは盲腸のとき、一緒に苦しんだ仲だったし、彼が三月十日の東京の下町の空襲でお母さんと弟妹五人を失くし、特別休暇で帰省したときには、新宿の俺の留守宅にも、両親を見舞ってくれたりもした戦友であったから。

場所は、横穴式の壕に行く手前の、爆風で押しつぶされた民家の床下の壕中だった。彼は、うつぶせになって死んでいた。

七つボタンの軍服は、ほこりで色が変わっている。ハエが群がっている。顔にはまったく傷がなく、静かに眠っているかのごとく安らかであった。しかし、頭は弾片で蜂の巣のようであった。不思議なことに手首、足首が切断され、わずかに皮一枚でつながっていた。彼を戸板に乗せて検査場に運んだ。（以下略）。

昭和二十年六月十日記

兄の三十三回忌の式典のときに土浦へ行きました。そこで兄の戦友だった筒井さんにお会いし、前記の日記を読ませていただいたのです。筒井さんは、とってもおだやかなお人柄で、戦後はクリスチャンになられ、誠実に六十何年間かを生きられ、その生涯を閉じられました。もっともっと生

筒井　傭介

きて、筒井さんらしく静かに反戦を訴え続けてほしい方でした。本当に惜しむにあまりある方でした。筒井さんの手記で、兄の遺体の顔はとっても安らかだったことが分かりました。それなのに、どうして汚れた寄せ書きの日の丸の旗だけが送られてきたのでしょう。兄の遺骨はいったいどこに行ってしまったのでしょうか。

私は、厚生省の援護局に足を運んで、土浦で亡くなった人の遺骨はどこに埋葬されているのか、調査を依頼しました。しかし、皆目分かりませんでした。

今から三年前の六月十日、土浦へお参りに行ったときに、やっと分かりました。隊では、土浦で亡くなった人たちの合同慰霊祭を、旧横須賀海軍航空隊で行なった上、遺族に送るつもりだったらしいのです。しかし、横須賀に向かう途中で、アメリカ軍の爆撃にあい、トラックもろとも木っ端微塵になってしまったとのことでした。

60年安保のデモに参加

戦後六十三年を経て、現在の私

昭和二十七年（一九五二）に高校を卒業した私は、平和運動に飛び込みました。思えば、暗い、苦しい時代の、しかし、楽しい私たちの青春でした。バラック建ての我が家で、父も私たち若い者とスクラムを組み、お酒を飲み、大いに唄ったものでした。最後まで若々しく前向きな父でした。その父も病気には勝てず、昭和四十七年（一九七二）、ついに七十三年の生涯を閉じたのです。

原爆の図展の解説者として、神戸大学の学生と

家族のレクリエーション
（前列右端が父、後列右側が敏子さん。成田山にて）

親なし、子なし、きょうだいなしのいまの私。でも、私は健康に恵まれ、父が残してくれた家と土地のおかげで、毎日を楽しく暮しています。細々と、新婦人の会、医療生協のお手伝いもさせてもらい、毎日がとっても忙しいんです。

からだを鍛えるため、週に二回ほどヨガを、趣味として、クラシック音楽も聴きたくとストレッチ体操とダンベル体操をそれぞれ一回ずつ、たまには登山にと、運動もしています。また、端唄、民謡の三味線と太鼓のお稽古を楽しんでいます。昔から映画の好きだった私は、ちょっとひまができると、一人でも映画館に出かけたり、「ドルチェ」という会のお世話役もさせてもらっていることと、何よりも、良いお友達、良いお仲間に恵まれていて、本当に幸せだと思っています。私は、一人で暮しているのに、私が健啖家の食いしん坊だということも幸いしているのでしょう。

30歳の頃の敏子さん（新年会にて）

都立高校の級友と（左端が敏子さん）

お師匠さんと（右側が敏子さん）

けっこう料理作りもやっていて、近所の方たちに差し上げては喜ばれ、嬉しくなったりもしているのですから。

昔、役所（関東管区行政監察局）に勤めていたときの同僚だった人に言われたことがあります。「どんなにささやかなことでも良い、人様に喜んでもらえるような存在であれ」と。

たしかに、自分のためだけに生きていたら虚しくなります。自分の存在と役割が他の人に認められ、感謝されてこそ、生きる充実感につながるのだと思っています。

二度と戦争をしないために

しかし、年をとるに従い、私が大切な兄を予科練に送り出したことを、とても口惜しく思うようになりました。父と母は、兄の予科練行きの志望に猛反対し、兄を家の中に監禁状態にして、母が厳しく見張っていました。その母の目を盗んで、私は兄に頼まれて、願書をポストに投げ込んだりしたからです。そのことが、結局は、家族七人を空襲で死なせてしまうことになったのだ、という罪の意識が頭をもたげ、辛くなってくるのです。

若いころは、戦争でこうむった被害者意識だけで悲しがっていたのに。だからお酒の好きだった父には毎晩、熱燗のお酒をお供えしています。大好きだった母やきょうだい、仏さまには毎朝、『般若心経』を唱えています。お灯明を上げ、お水もたっぷりと供えて。生きながらにして猛火に焼けただれ、死んでいった家族を思い出して。どんなに苦しかったことか、どんなに熱かったことかと思いながら。

ろくな食べ物もなく、お菓子や果物も口に入れられなかった時代を短く生きた幼い妹たちや弟のために、頂き物のお菓子などを、すぐ、仏前にお供えしています。

でも、どんなにしたって、死んだ家族は帰ってきません。あのとき、兄の予科練行きに協力した私自身を、兄が予科練生になるように協力した私自身を、今は悔やんでも、悔やんでも、悔やみきれない思いでいます。した父母を、「非国民」と心の中でののしりながら、兄が予科練行きに猛反対

いまや、現世では支えあって生きる家族のいない私。明るく前向きに生きようと思いながらも、だ家族に手を合わせています。

東京大空襲の語りべとしての活動も
（東京大空襲・戦災資料センターにて）

心の底には遁世観があって、永井荷風の「わが身に定まる妻のなかりしも幸の一なり　妻なければ子孫もなし　子孫なきが故に　いつ死にても気が楽にて　心残りすることなし」の言葉のほうがぴったりする感じで、われながら、まことに困ったものだと思う昨今なのです。いまだに地球上では戦争が続いています。実に悲しく残念なことです。戦争は、楽しい家庭も、夢も希望も、一瞬にして奪い尽します。人類に英知ある限り、その知恵を集めて二度と戦争を起してはなりません。次代の子どもたちのためにも。

　　焼け跡復旧すれども
　　わが家族、帰らず
　　平和になれども
　　わが家族、帰らず
　　自然は美しく甦れど
　　わが家族、永遠に帰らず

東京大空襲と亀谷敏子さんのこと

早乙女　勝元

白河町三丁目の現場へ

亀谷敏子さんにお目にかかったのは、昨年（二〇〇八）六月のある日で、地下鉄大江戸線の白河清澄駅でした。

そのホームの先端で待ち合わせしたところ、お友達と現れた敏子さんは、小柄な体に旧知のような笑顔で登場しました。先に読んでいた手記では、昭和六年（一九三一）生まれだそうで、私より一年上のはずですが、庶民的で、健康そうなパワーを感じさせる方でした。

もっとも、かくいう私は早生まれなために学年は同じで、どちらも東京下町で、東京大空襲を生きのびたという共感は、言葉を補ってくれるものがあります。私たちはこれから、敏子さんが十三歳で被災した深川区（現江東区）白河三丁目の現場を確認してみようと決めたのです。

地下鉄の駅から、清洲橋通りに出ると、三ッ目通りを目指して歩きました。江東区の南西部になりますが、すぐ近くの深川不動や清澄庭園は知られているものの、通りの両サイドの町並みは、無機質なビルが乱立し、どこにでもありそうな風景です。

深川情緒という遠い日の記憶を口にしましたら、敏子さんは歩きながら笑って、
「何もかも、すっかり焼けてしまいましたからね。なじみの風情も、面影も、なんにもありません」
「そういえば、白河町は木場と並んで、あの夜、イの一番に爆撃された町ですよね。もっとも深刻な被災地ですよ」

亀谷さんと白河にて

史上空前の大惨禍

あの夜とは、昭和二十年（一九四五）三月十日の未明の東京大空襲です。

米軍機B29による空襲は、すでに連日連夜でありましたが、その夜はそれまでと異なる特徴がいくつかありました。①深夜、②約三〇〇機もの大編隊、③平均二〇〇〇メートルの低高度、④圧倒的な焼夷弾攻撃で、その目標は木造家屋がひしめく人口密集地帯の下町地区です。戦意の喪失を狙った、国際法違反の都市無差別爆撃でした。

十日零時八分、東京湾上より深川地区に侵入したB29は、木場、白河町に第一弾を投下。それが歴史的な「炎の夜」の皮切りで、一六六七トンものナパーム性焼夷弾による業火は、無数の火点を結んで、半時間足らずのうちに下町全域へと波及したのです。

折からの北風は強く、猛突風は地上の大火災をあおり、火の海を沸騰させて、地表は灼熱状態と

なりました。炎は一瞬のうちに激流化し、家屋をつらぬき、無数の運河を渡って、逃げまどう人々に襲いかかっていったのでした。

爆撃は、二時間余りで終わったものの、火炎は猛威をふるい続けて、一夜にして東京東部は見渡すばかりの焼野原。罹災者は一〇〇万人を越え、負傷者は数知れず、尊い生命を奪われた下町庶民は、正確にはわからないものの約一〇万人。それも成人男子を兵隊へ送った留守家族たちで、主として女性や子ども老人たち、小さい者や弱い者に集中した大被害でした。

一〇万人と、ひとことでいうのをためらう。ほんの数時間前まで、灯火管制下の薄暗いところで、ため息をついたり、語り合っていた一人ひとりに、それぞれの生活と人格があったのだから……。

敏子さんの家では、母と姉と妹三人と弟の計六人もの生命が、無残についえ去りました。

それまでの内外の戦史には、これだけ短時間に、一〇万もの兵が死んだという記録はありません。後の広島・長崎の原爆の惨禍を除けば、東京は史上空前の凄惨な「戦場」だったのです。

避難所の末広味噌屋ビル跡へ

敏子さんの案内で、かつて亀谷家のあったはずの、白河三丁目にたどりつきました。昔なじみの町名は、そのほとんどが改名されて、歴史をたどることが困難になっていますが、白河はそのままで、電柱に取りつけられた標示板で番地を見て歩きました。

「ここらへん、だったはずですが……」

同番地付近にたたずんだものの、路地も横丁も戦災後は区画まで変えられてしまったらしく、敏

子さんは周囲に目をやりながら、とまどい気味です。庭のないミニ住宅と零細家内企業が軒をつらねる横丁は、荷物を積んだ小型車が走り抜けて、配達のバイクも行ったり来たり。同じ場所にうろうろしているのも妙で、それでは家のあった地点から、あの時とおなじに歩いてみることにしました。

わずか数分ほどで、車の往来も盛んな三ッ目通りです。町内の避難所に指定されていた末広ビルは、通り沿いにあって、当時は小名木川の水運によって栄えた味噌製造所だったそうで、末広味噌屋ビルと呼ばれていたのでしょう。

敏子さんの手記によれば、そこにはお母さんが、休日だけ食堂で働いていたとのこと。地下室つきの四階建てで、鉄筋コンクリート造りだったという。

あの夜のお母さんたち六人は、一団となって末広ビルへと向かいました。やや遅れて敏子さんと父親はたどりついたものの、身動きできぬほどの人ごみで、そのうち火焰が窓ガラスを割って進入し、危険と見た親子は飛び出して三ッ目通りへ。

大通りは、ごうごうと熱風が唸り、あっというまに吹き飛ばされるものすごさです。地を這いずるように向かい側にたどりつき、コンクリート塀を越えて、工場内へと逃げ込むくだりは、臨場感があります。

火には水をと、父は娘とともに、すぐ先の小名木川をめざしたものの、激流かなだれのような火炎帯に、はばまれてしまったのです。

ぐずぐずになった遺体

その小名木川は、どんよりとにごって、流れる気配もなく、無人の屋形船が何艘か岸につながれていました。

運河に面した角地には、三〇階もの高層ビルが屹立し、はるかな高所で窓ふき男二人が、ロープでつながれて、宇宙飛行士の遊泳中のようです。すぐそばの大富橋を、犬をつれた老人がのんびりと歩いていく。戦禍のかけらさえもない平和な風景です。

しかし、敏子さんの手記は、目をそむけたくなるばかりの修羅場へと続きます。

父と娘が、かろうじて生きのびて四日目、末広ビル内から掻き出された家族の遺体と対面するくだりは、あまりにもむごたらしく残酷です。

「あのぅ、ぐずぐずになった死体、と

地下鉄 清澄白河 末広味噌屋ビル 逃げた向かいの工場

37　東京大空襲と亀谷敏子さんのこと

焼け野原となった本所・深川地区（左上が荒川、右下が隅田川）

ありましたが、それってどんなふうだったんですか」

「一言じゃいえません。説明もつきません。とにかく、見てはいけないものだった、としか……」

敏子さんは、そういって、口をつぐみました。

「五体満足なのは、なかったと。戦災死でも例のない話ですが、ほとんどが地下室からの死体、だったということですね」

「ええ、そうだと思います。私の推理が当たっているかどうかはわかりませんが、死体処理班はスコップで掻き出したんでしょうね、きっと」

「うーん、……なるほど」

「でも、あの夜は、家族の遺体に会えなかった人たちが大半なんですから、みんな行方不明のまま。巡り会えて、たとえ一部を火葬できただけでも、よかったのかもしれません。そう考えることにしています」

もうひとつの記録

地下室での実態はどうだったのか。後ほど私は三昔も前にまとめた『東京大空襲・戦災誌』（全

五巻・東京空襲を記録する会）の、第一巻を調べてみました。深川白河町の項目に、何人かの体験記が収録されていて、その一編に、はっと息を飲みました。白河町三丁目十四番地の石倉友次さん、四十七歳の記録です。十一番地違いなら、亀谷家とそう離れていない隣人になる。あるいは、顔なじみだったかもしれません。

石倉氏は、「近くの鉄筋四階建ての、とある食品会社」に勤めていて、「この辺の人は、我が家から二、三分のところにある私の会社の地下」に避難することになっていた、という。地下室のある「食品会社」は、敏子さんの母親が休日ごとに働いていた末広味噌屋ビルに、間違いなしです。

空襲とともに、火焔の渦巻くなか、石倉氏は娘二人を「会社の地下」へと避難させ、自分は特別警防隊員として、近くの高橋国民学校へ。避難民の指導に当たるも、校舎に火の手がまわり、学校の片隅の共同便所へ逃げこむ。避難民三〇人ばかりとともに、ゲートルに水をひたして、必死に火熱をふせいでいるうちに、意識を失う。

気がついたら、共同便所の生存者は、たったの三人だったとのこと。

それから氏は、娘たちが避難したはずの、食品会社の焼け跡へと足を運ぶ。

「そこはまだ、ものすごい熱で、中に入ることもできない。ただ、中にいた人は全滅だ」と、知らされるのです。

地下室はそれから二、三日は入れなかった。それというのも、地下室にあった水道の水が膝あたりまでたまっていて、それがものすごい熱湯となっていたからだ。おそらく、熱気に耐え

られなくて水道の水を出したのだろう。誰の死体であるのかわからなかった。死体はもうすでに溶けていて、誰の頭や足であるのかわからなかったのだろう。

そして、この地下室で亡くなった人たちと同じようにして、私の二人の娘と、いとこ夫婦とその子どもも、私の会社の地下室でおなじ運命にあったのである。…

今になって考えてみると、私が体験したような空襲によって亡くなった人たちに対して、国家が未だに何も補償してくれないことに怒りを感ずる。それは、私が、国の指定した避難所に避難させるよう指導を行ないながら、大勢の人たちを死なせてしまったという体験からでる憤怒だけでは決してしてないと思う。

熱湯に「溶けた」ものか

石倉氏は、たまたま偶然にも亀谷家のすぐ近くで、避難所に指定されていた同じところで娘二人を失ったせいか、亀谷家の悲劇をも裏づけるものとなっています。「ぐずぐず」になった死体は、熱湯に「溶けた」もの、という推測も当たっています。

地下室の死体が掻き出されたのは三月十四日で、三日あまりも放置されていたのです。一階部分の処理が先で、身の毛がよだつような地下室は、すぐには手をつけようがなかったのではないか。死体処理班にしてみれば、

家族六人を、一夜にして奪われた少女の思いはどんなであったのか、察するに余りがあります。目を覆いたくなるような惨状にたじろいだか、いや、あまりのショックに、思考力も感覚も失って、

しばらくは茫然自失状態だったのかもしれません。戦争・空襲で、民間の小さい者や弱い者は、どのような犠牲を強いられたのか。敏子さんの手記は、必ずしも十分ではないものの、私たちの想像力を呼びさまし、かきたててくれます。

しかも、亀谷家の場合、おぞましい戦禍はさらに続いて、今度は十七歳のお兄さんが、空襲で亡くなりました。茨城県霞ヶ浦のほとりにあった、土浦海軍航空隊基地でです。

少年兵の兄も土浦の空襲で

兄の俊治さんは、当時の少年たちのほとんどがそうであったように、徹底した軍国主義教育の影響と、「七つボタンは桜に錨」の歌に心踊らされてか、両親の反対を押しきって、七つボタンの予科練（海軍飛行予科訓練生）を志願したのです。

その願書を、両親の目をぬすんで、こっそりと取り寄せたのは敏子さんです。みごとに合格し、予科練の兄を持つ妹は、さぞ鼻が高かったに違いない。入隊して一年。もはや戦争も破局で、三月十日に東京を、そして五月末までに名古屋、大阪、神戸、横浜などの大都市を焦土に変えたB29が、「帝都」に近い海軍の航空基地を見逃すはずはありません。

戦友の筒井庸介氏の記録にあるように、昭和二十年六月十日、土浦航空隊基地は、B29による集中的な連続波状爆撃にさらされました。

来襲したB29は三〇機、爆弾攻撃によって、隊舎などの施設の八割近くが壊滅しましたが、雨ア

ラレと投下された大型爆弾で、いくつかの防空壕に避難していた隊員たちが即死。あいにく日曜日とあって、隊員たちに面会で来ていた家族からも、死傷者が出ました。なかには、両親と息子が同時に亡くなるという例さえも。

この日の惨禍を入念に調べている飯村一雄氏による『守ろう平和と自然環境』（私家版）には、被害の実態が次のように記録されています。

「予科練生の死者三百七名（病院に収容後の死者二十六名を含む）、面会人の死者十三名、航空隊周辺地域の民間人の死者五十一人、計三百七十一名が犠牲になった。負傷者多数……」

十代の若者を主にした大惨事ですが、土浦航空隊の人的被害は、三月十日の大空襲同様に闇に閉ざされて、一般に報じられることはありませんでした。土浦から俊治さんの遺品の日の丸が疎開先に送られてきたのは、六月も末になってからのこと。

「悔やんでも、悔やんでも……」

その兄を予科練へ送り込むことに協力し、家族たち六人の戦災死に、さらに一人を追加してしまったことを、敏子さんは、

「悔やんでも、悔やんでも、悔やみきれない。どうか許してください」

と、書いています。

ほんとうは、もっとも深刻な被害者のはずなのに、戦後六十三年が経ってもなお、そんな悔いを

さいごに

本書は、亀谷敏子さんの初出手記「家族の崩壊」（「文京の教育」掲載・文京教育懇談会）を基本に、本の泉社の入澤康仁氏がさらに直接お宅を訪問して取材し補足して、文体も語り口調に、わかりやすくリライトしました。

昨年春に出たマイブックレット「語り継ぐ東京大空襲」鎌田十六（とむ）さんの『炎の中、娘は背中で…』に続く、第二弾です。

目下、東京大空襲被災者や遺族たちによる、戦争をはじめた国に謝罪と補償を求める裁判がヤマ場を迎えています。私も証人として、昨年十一月十三日、法のもとでの平等の実現をと、東京地裁で訴えました。

心に残さねばならないとは、なんと悲痛でやるせなく、戦争の罪の深さと重さを痛感せざるを得ません。

被害者をいつしか加害者にもするのが戦争で、戦争と人間性とは決して両立することなく、どこまでも平行線をたどる、と考えるべきではないでしょうか。自衛とか正義とか、さまざまな美名はついても、現代戦争の本質は少しも変わらないのだと、私は思うのです。

戦争を未然に防ぐには、戦争とはいかなるものかの事実を、民間人の立場で知ることが先決でして、東京大空襲の惨禍を語り伝えるこの小冊子で、いのちと平和の尊さを、未来世代に橋渡しできればよいが……と、願っています。

敏子さん一家六人と同じ末広ビルで娘二人を失った石倉友次氏は、空襲の被害者に対して「国家が未だに何も補償してくれないことに怒りを感ずる」と書いていますが、軍人や軍属と違って民は置き去りのままでは、真の民主主義とはいえません。

民主主義の「民」を取り戻すべく、国を訴えた原告は一三二人。そのうちの四割が、両親や肉親を空襲で失った戦災孤児で、平均年齢は七十六歳。人生の残り時間は少なく、私や敏子さんと同じく、当時は十二、三歳の子どもでした。

私どもの民立民営による東京大空襲・戦災資料センターは、東京大空襲による都民の戦禍を語り継ぎ、原告の皆さんの裁判にエールを送りながら、戦争・空襲のない未来を子どもたちに……と、さらに決意を新たにしています。なお、戦災写真と地図はセンターが提供し、表紙絵はセンター展示の、おのざわさんいち氏の作品です。

亀谷敏子さんと、入澤康仁氏、また本の泉社の労に感謝して、ペンをおくことにします。

（作家、東京大空襲・戦災資料センター館長）

3階の資料・展示保管室には、実際に投下された焼夷弾、焼け焦げた子どもたちの着物や防空頭巾、高熱で溶けた瓦と皿、空襲の記録などが並べられ、空襲の写真も展示されています。また、灯火管制下の庶民の暮らしぶりを再現した部屋、警防団の服などの展示から「防空」のためにどのように生活していたか、わかるようになっています。

「戦争と子どもたち」の部屋（3階）

　「戦争と子どもたち」の部屋は、戦時中の教育や学童疎開などをテーマにしています。さらに、早乙女館長の著作と活動など、「戦争と平和を考えるメッセージコーナー」があります。

◇センターの活動
●研究活動
　2006年から活動を始めた「戦争災害研究室」を中心に、空襲や被災体験の記録を収集・整理して分析を行っています。研究会では、空襲や防空の実態、戦後補償問題などを取り上げるとともに、空爆をめぐる論考の検討もしています。また、無差別爆撃についてのシンポジウムを開催したり、『戦争災害研究室だより』や報告書の発行を行っています。

灯火管制下の暮らしぶりを再現した部屋

●出版活動
　空襲体験者の聞き書きをまとめたり、開催したイベントの記録の小冊子を刊行しています。なかでも、『戦災資料センターから東京大空襲を歩く』は、当時をしのんで、慰霊碑などゆかりの地を歩くためのガイドブックとして好評です。
●イベントと交流
　毎年、3月10日前後に、ゲストによる講演や、若い世代の活動を紹介する「東京大空襲を語り継ぐつどい」を開催しています。
　5月5日の「世界の子どもの平和像」記念の集い、夏休みの「空襲体験者のお話を聞く会」など、さまざまなテーマでイベントを実施し、市民との交流を深めています。センターの運営と発展のために、維持会員を常時つのっています。

【東京大空襲の惨禍を語りつぎ、平和といのちの尊さを考える】
東京大空襲・戦災資料センターの紹介

◇センターの見どころ

　東京大空襲・戦災の被災品や文献を収集・展示した「東京大空襲・戦災資料センター」は、2002年3月に、東京・江東区北砂に開設されました。

　1945年（昭和20年）3月10日未明、約300機のアメリカ軍の爆撃機B29による東京下町地区を目標とした無差別爆撃で、人口密集地帯は火炎地獄と化し、罹災者は100万人を超え、推定10万人もの命が奪われました。東京は100回以上もの空襲を受けて、市街地の5割以上を焼失しました。

　このような民間人のこうむった戦禍を風化させることなく未来に継承していくため、「東京空襲を記録する会」は、1970年より、この空襲・戦災の被災品や文献を広く収集してきました。しかし、1999年に、東京都の「平和祈念館」の建設計画が凍結となったため、「記録する会」と財団法人政治経済研究所は、民間募金を呼びかけました。これに応えて4000人を超える市民の協力によって、2002年3月に、戦禍の最も大きかった地にセンターを完成させました。

母子像「戦火の下で」
（河野新 作）

　2007年3月には増築し、展示を充実させて、修学旅行生など若い世代の「学びの場」としての環境を整えました。センターの1階には、図書室があり、空襲・戦災に関する文献が配架されており、館内で閲覧することができます。2階の会議室では、映像資料を観たり、団体参観でご要望があれば東京大空襲の体験者の話を聞くこともできます。また、壁面にはおのざわさんいち氏、井上俊郎氏らの「空襲」を描いた多くの絵画や被災地図、日本空襲の写真などがあり、当時の惨状を伝えています。夏と冬には特別展を開催しています。

3階の資料・展示室の内部。中央は焼夷弾の現物と集束焼夷弾の原寸模型

◇東京大空襲・戦災資料センターの歩み

2002年3月：センター開館
　　　　6月：シンポジウム「都市空襲を考える第1回」開催
　　　　7月：戦災資料センター友の会発足
2003年3月：「開館1周年のつどい」開催
　　　　4月：シンポジウム「都市空襲を考える第2回」開催
2004年3月：3階展示室に「子どもたちと戦争」コーナー開設
　　　　3月：「開館2周年のつどい」開催
　　　 12月：シンポジウム「都市空襲を考える第3回」開催
2005年3月：「開館3周年・東京大空襲60周年のつどい」開催
　　　　5月：「世界の子どもの平和像完成4周年・東京大空襲60周年のつどい」
　　　 12月：シンポジウム「都市空襲を考える第4回」開催
2006年3月：「東京大空襲を語り継ぐつどい――開館4周年」開催
2007年3月：戦災資料センター増築完成、リニューアルオープン
　　　　3月：「語り継ぐ東京大空襲――開館5周年のつどい」開催
　　　7月～8月：特別展「東京大空襲の生き証人――鈴木賢士写真展」開催
　　　 10月：シンポジウム「無差別爆撃の源流――ゲルニカ・中国都市爆撃を検証
　　　　　　する」開催
　　　12月～2008年1月：特別展「VOICE――知らない世代からのメッセージ展」
2008年3月：「語り継ぐ東京大空襲――開館6周年のつどい」開催
　　　　8月：特別公演・一人音楽劇「猫は生きている」上演
　　　8月～9月：特別展「記憶のなかの神戸空襲――豊田和子原画展」開催
　　　 10月：無差別爆撃国際シンポジウム「世界の被災都市は空襲をどう伝えてきた
　　　　　　のか――ゲルニカ・重慶・東京の博物館における展示／記憶継承の現在」
　　　10月～12月：第1回学習講座開催
　　　11月～12月：特別展「高校生たちが見た東京の空襲被災樹木展」開催

【開館のご案内】
開館日：水曜～日曜12時～午後4時／休館日：月曜・火曜、年末年始（12月28日～1月4日）
協力費：一般300円、中・高校生200円、小学生以下無料。10名以上の団体の方は、事前に
ご連絡ください。学校等の団体の場合は、開館時間外や休館日でもご相談に応じます。
車椅子用エレベーターおよびトイレがあります。駐車場はありません。
所在地：東京都江東区北砂1-5-4　　電話：03-5857-5631

東京大空襲参考図書

- 『東京大空襲・戦災誌』全5巻、東京大空襲・戦災誌編集委員会編、東京空襲を記録する会、1973〜1974年
- 復刊『東京都戦災誌』東京都編、明元社、2005年
- 復刻版『東京大空襲の記録』東京空襲を記録する会編、三省堂、2004年
- 新版『東京を爆撃せよ──米軍作戦任務報告書は語る』奥住喜重・早乙女勝元著、三省堂、2007年
- 『東京大空襲──昭和20年3月10日の記録』早乙女勝元著、岩波新書、1971年
- 『東京が燃えた日──戦争と中学生』早乙女勝元著、岩波ジュニア新書、1979年
- 『猫は生きている』早乙女勝元著、田島征三絵、理論社、1973年
- 『図説　東京大空襲』早乙女勝元著、河出書房新社、2003年
- 『図録　東京大空襲展──今こそ真実を伝えよう』東京大空襲六十年の会編・刊、2005年
- 『母と子でみる東京大空襲』早乙女勝元編、草の根出版会、1986年
- 『絵本　東京大空襲』早乙女勝元作、おのざわさんいち絵、理論社、1978年
- 『語り継ぐ東京大空襲　3月10日、夫・子・母を失う　炎の中、娘は背中で……』鎌田十六・早乙女勝元著、本の泉社ブックレット、2008年
- 『空襲被災者の一分』早乙女勝元著、本の泉社、2009年

東京大空襲・戦災資料センター出版物

- 『戦災資料センターから東京大空襲を歩く』2005年、300円
- 『語り継ぐ東京大空襲　いま思い考えること』2003年、300円
- 『語り継ぐ東京大空襲　いま思い考えること「2周年のつどい」レポート』2004年、300円
- 『語り継ぐ東京大空襲　いま思い考えること　開館5周年のつどい』2007年、500円
- 『都市空襲を考える』2002年、500円
- 『都市空襲を考える・第2回』2003年、500円
- 『都市空襲を考える・第3回』2005年、500円
- 『都市空襲を考える・第4回』2006年、500円

修学旅行や社会科の学習に、小・中・高校生が戦災資料センターに訪れています。空襲体験のお話を聴いている子どもたち

語り継ぐ東京大空襲
3月10日、家族6人を失う
さらに少年兵の兄まで

発行────2009年3月1日 初版第1刷
著者────亀谷敏子・早乙女勝元
発行人───比留川 洋
発行所───株式会社 本の泉社
　　　　　〒113-0033 東京都文京区本郷2-25-6
　　　　　電話:03 (5800) 8494　FAX:03 (5800) 5353
　　　　　mail@honnoizumi.co.jp
　　　　　http://www.honnoizumi.co.jp/
編集────東京大空襲・戦災資料センター
　　　　　〒136-0073 東京都江東区北砂1-5-4
　　　　　電話:03 (5857) 5631　FAX:03 (5683) 3326
　　　　　http://www.tokyo-sensai.net/
編集協力──入澤康仁
印刷────株式会社 光陽メディア
製本────株式会社 難波製本

©Toshiko KAMEYA, Katsumoto SAOTOME
Printed in Japan 2009　ISBN978-4-7807-0455-6
乱丁本・落丁本はお取り替えいたします。
本書を無断で複写複製することはご遠慮ください。